愛美麗華語（I）
LOVEmily Mandarin Chinese
(Easy Conversation)

愛美麗　著

感謝文

　　我由衷感謝我的家人，朋友們和我來自全世界的學生們大力的支持，讓我能開心順利的完成這本書。　特別感謝幕後的工作夥伴們投入他們大量的精力及時間一同做出這本有趣的愛美麗華語書（初級版）。

　　愛美麗華語書（初級版）共耗時逾三年完成。書中投注了我的教學方法與心要，並期望經由此書能使所有學習者以簡單而有趣的方式輕鬆學習華語。

　　希望大家都喜歡華語並與我一起快樂學習，在此想分享我最喜歡的一句孔子名言：慢 màn 慢 màn 走 zǒu 不 bú 要 yào 緊 jǐn，只 zhǐ 要 yào 你 nǐ 不 bù 停 tíng 下 xià 來 lái
　　-孔 kǒng 子 zi

愛美麗老師

Acknowledgments

　　I would like to offer my gratitude to the support from my wonderful family, friends and all my students around the world. I would like to thank the people who have devoted much time and effort in working with the LOVEmily Mandarin Chinese book.

　　It has taken me over three years to finish LOVEmily Mandarin Chinese learning Book (Easy Conversation). I've applied my experience in teaching into this book in order to assist those interested in learning Mandarin. I hope that this is an easy and fun way of doing so.

　　In conclusion, I would like to share one of my favorite quotes with you from the Chinese philosopher Confucius, "It is fine to do it slowly, as long as you don't stop!"

Teacher Emily

感 謝

　　本書作成にあたっては、家族や友人、世界中の学生らから、たくさんの暖かい応援を頂きました。それに対して、誠に感謝申し上げます。

　　特に、この面白い愛美麗 LOVEmily 華語書を共に完成するために、時間をかけて、尽力してくれた協力者の皆様には、心から感謝しております。

　　本書の完成には３年を要しました。内容は著者が長年に積み上げてきた優れた学習方法や要点が凝縮されています。本書を通して、すべての学習者が簡単に面白い方法で華語を学習することができれば幸いです。

　　一緒に楽しい華語の学習世界に入りましょう。最後に、著者の一番のお気に入りの孔子の名言を紹介し、読者の皆様が学習に励むことができたら嬉しいと思います。

　　慢 màn 慢 màn 走 zǒu 不 bú 要 yào 緊 jǐn，只 zhǐ 要 yào 你 nǐ 不 bù 停 tíng 下 xià 來 lái ― 孔 kǒng 子 zi （ゆっくりでもいい、止まらずに前に進もう。―孔子）

愛美麗先生

Let's Learn
学ぼう

1. Pronunciation 発音

拼 pīn 音 yīn : Pinyin   bopomofo 注 zhù 音 yīn

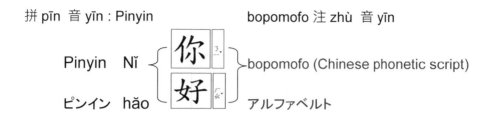

Pinyin   Nǐ   你   bopomofo (Chinese phonetic script)

ピンイン   hǎo   好   アルファベルト

注音 (21) bopomofo Initials (consonants) アルファベルト 上 子音	漢語拼音 Pinyin Initials ピンイン 上 子音	漢語拼音 Pinyin (Use with finals) ピンイン （母音と使う）	注音(16) bopomofo finals (vowels) アルファベルト 下 母音	漢語拼音 Pinyin finals ピンイン 下 母音	漢語拼音 Pinyin (Use with Initials) ピンイン （子音と使う）
ㄅ	b		ㄚ		a
ㄆ	p		ㄛ		o
ㄇ	m		ㄜ		e
ㄈ	f		ㄝ		ê
ㄉ	d		ㄞ		ai
ㄊ	t		ㄟ		ei
ㄋ	n		ㄠ		ao
ㄌ	l		ㄡ		ou
ㄍ	g		ㄢ		an
ㄎ	k		ㄣ		en
ㄏ	h		ㄤ	ang	
ㄐ	j		ㄥ	eng	
ㄑ	q		ㄦ	er	
ㄒ	x		一	yi	i
ㄓ	zhi	zh	ㄨ	wu	u
ㄔ	chi	ch	ㄩ	yu	u
ㄕ	shi	sh			
ㄖ	ri	r			
ㄗ	zi	z			
ㄘ	ci	c			
ㄙ	si	s			

2. Tones 音声

There are four tones as well as a neutral tone in Chinese pronunciation. Different tones will represent different Chinese meanings on each character.

中国語の発音には、四個の音声と一個の清音があります。音の高低、抑揚が違う意味を表します。

Tones 音声	Pitch 声調	Pinyin Symbol ピンイン記号	Pinyin 拼 pīn 音 yīn ピンイン	Zhù yīn Symbol アルファベルト 記号	Bopomofo 注 zhù 音 yīn アルファベルト
1st tone 第一声	flat 平	—	香 xiāng 蕉 jiāo banana バナナ		ㄒ ㄧ ㄤ　ㄐ ㄧ ㄠ
2nd tone 第二声	rise up 揚げる	／	檸 níng 檬 méng lemon レモン	／	ㄋ ㄧ ㄥ　ㄇ ㄥ
3rd tone 第三声	drop then rise up 下げてまた揚げる	∨	水 shuǐ 果 guǒ fruit 果物	∨	ㄕ ㄨ ㄟ　ㄍ ㄨ ㄛ
4th tone 第四声	drop down 下げる	＼	教 jiào 室 shì classroom 教室	＼	ㄐ ㄧ ㄠ　ㄕ
Neutral tone 清音	slight pitch 軽い声調		你 nǐ 的 de yours あなたの	●	ㄋ ㄧ　ㄉ ㄜ

8

Let's Learn 学ぼう

3. Subjects and Possessive Nouns　主語と所有格

You 您 nín 你 nǐ 妳 nǐ　/　**I** 我 wǒ　/　**She** 她 tā　**He** 他 tā　**It** 它 tā
あなた、～さん　/　　私　　/　彼、彼女、それ

PERSON 人	單 dān 數 shù Singular		所 suǒ 有 yǒu 格 gé Possisive
1st	我 wǒ I 私	我 wǒ 是 shì I 私です	我 wǒ 的 de My / Mine 私の
2nd	您 nín / 你 nǐ / 妳 nǐ you あなた、～さん	您 nín / 你 nǐ / 妳 nǐ 是 shì You are あなた、～さんです	您 nín / 你 nǐ / 妳 nǐ 的 de Yours あなたの、～さんの
3rd	她 tā/ 他 tā 它 She / He/ It 彼、彼女、それ	她 tā/ 他 tā/ 它 tā 是 shì She / He / It is 彼、彼女、それです	她 tā/ 他 tā 的 de Hers / His 彼の、彼女の、それの

PERSON 人	Plural 複 fù 數 shù		Posesive 所 suǒ 有 yǒu 格 gé
1st	我 wǒ 們 men We / us 私たち	我 wǒ 們 men 是 shì We are 私たちです	我 wǒ 們 men 的 de Ours 私たちの
2nd	您 nín 你 nǐ / 妳 nǐ 們 men You あなたたち	您 nín / 你 / 妳 nǐ 們 men 是 shì You are あなたたちです	您 nín / 你 / 妳 nǐ 們 men 的 de Yours あなたたちの
3rd	他 tā / 她 tā 們 men They 彼ら	他 tā / 她 tā 們 men 是 shì They are 彼らです	他 tā / 她 tā 們 men 的 de Theirs 彼らの

你 Nǐ 好 hǎo 嗎 ma？

早 Záo 安 ān 你 ní 好 hǎo！

你好 HALLO 안녕
HOLA नमस्ते
CIAO
γεια HELLO
こんにちは привет
BONJOUR مرحبا OLÁ

Vocabulary 単語

1. 王 Wáng	(common Chinese Surname) （普通の中国人の名前）	7. 他 tā / 她 tā	(he / female she) 彼/彼女
2. 林 Lín	(common Chinese Surname) （普通の中国人の名前）	8. 謝 xiè 謝 xie	Thanks どうも/ありがとう
3. 小 xiǎo 姐 jiě	Miss / Ms. 〜さん（女の方）	9. 早 zǎo 安 ān	Good morning. おはようございます
4. 先 xiān 生 sheng	Mister 〜さん（男の方）	10. 午 wǔ 安 ān	Good afternoon. こんにちは
5. 你 nǐ / 妳 nǐ	(you / female you) あなた/あなた（女の方）	11. 晚 wǎn 安 ān	Good evening. こんばんは
6. 我 wǒ	I 私	12. 再 zài 見 jiàn	Good-bye. さようなら

Power Station 充電場

很 hěn 好 hǎo   *Fine / Very Good*   素晴らしい

When there are two 3rd tones followed by each other, the first 3rd tone syllable becomes 2nd tone.
二つの第三声が並ぶ場合、最初の第三声は第二声に変わることを覚えましょう。

Ex: 你 nǐ　好 hǎo　→　你 ní　好 hǎo　　　很 hěn 好 hǎo　→　很 hén　好 hǎo

Let's talk 会話しましょう

林 Lín 先 xiān 生 sheng： 早 Zǎo 安 ān，王 Wáng 小 xiǎo 姐 jiě！

    Mr. Lin： Good morning, Ms. Wang.

    林さん： おはようございます。王さん。

王 Wáng 小 xiǎo 姐 jiě： 早 Zǎo 安 ān，林 Lín 先 xiān 生 sheng！

    Ms. Wang： Good morning, Mr. Lin.

    王さん： おはようございます。林さん。

    你 Nǐ 好 hǎo 嗎 mā？

    How are you？

    お元気ですか。

林 Lín 先 xiān 生 sheng： 我 Wǒ 很 hěn 好 hǎo，謝 xiè 謝 xie！

    Mr. Lin： I am fine, thanks.

    林さん： 私は元気です。どうも。

    你 Nǐ 好 hǎo 嗎 mā，王 Wáng 小 xiǎo 姐 jiě？

    How are you, Ms. Wang?

    王さんは元気ですか。

王 Wáng 小 xiǎo 姐 jiě： 我 Wǒ 很 hěn 好 hǎo，謝 xiè 謝 xie 你 nǐ！

    Ms. Wang： I am fine.　Thank you.

    王さん： 私は元気です。ありがとう。

林 Lín 先 xiān 生 sheng： 再 Zài 見 jiàn，王 Wáng 小 xiǎo 姐 jiě。

    Mr. Lin： Good-bye, Ms. Wang.

    林さん： さようなら。王さん。

王 Wáng 小 xiǎo 姐 jiě： 再 Zài 見 jiàn，林 Lín 先 xiān 生 sheng。

    Ms. Wang： Good-bye, Mr. Lin.

    王さん： さようなら。林さん。

Exercise 練習

Match 釣り合いしましょう

1 早 zǎo 安 ān •- - - - - - -

2 午 wǔ 安 ān •

3 晚 wǎn 安 ān •

• Good afternoon.

　こんにちは

• Good morning.

　おはようございます

• Good evening.

　こんばんは

Choose the correct answer 正しい答えを選びましょう

① Good morning, Ms. Wang.
おはようございます。王さん。

② Good morning, Mr. Lin.
おはようございます。林さん。

③ How are you?
お元気ですか。

④ I am fine.　Thank you.
私は元気です。ありがとう。

⑤ Good-bye.
さようなら。

⑤ Good-bye.
さようなら。

(⑤) 再 Zài 見 jiàn！

(　) 我 Wǒ 很 hěn 好 hǎo，謝 xiè 謝 xie 你 nǐ！

(　) 早 Zǎo 安 ān，王 Wáng 小 xiǎo 姐 jiě！

(　) 你 Nǐ 好 hǎo 嗎 ma？

(　) 早 Zǎo 安 ān，林 Lín 先 xiān 生 sheng！

NOTES

Great! You finished Lesson 1.
第一課を完成！素敵！

Vocabulary　単語

1. 請 qǐng 問 wèn
   May I ask....?
   ちょっと失礼ですが、
   すみません、

2. 您 nín 好 hǎo
   hello (polite form)
   こんにちは（尊敬語）

3. 姓 xìng
   surname
   名前

4. 名 míng
   first name
   下の名字

5. 高 gāo 興 xìng
   glad
   嬉しい

6. 認 rèn 識 shì
   to know
   知り合う

7. 也 yě
   also / too
   も

Power Station　充電場

您 nín　*You* あなた

你 you +心 heart : The polite form is used for the elderly as well as professional people such as teachers, doctors, engineers and lawyers, etc.

你 +心 : "あなた"の尊敬語であり、年長者や先生に対して使う用語です。

貴 guì 姓 xìng

Surname (polite form for surname)　"お名前は？"の尊敬用語です。

Let's talk　会話しましょう

林 Lín 先 xiān 生 sheng：您 Nín 好 hǎo，小 xiǎo 姐 jiě。

　　　　Mr. Lin：Hello, Miss.

　　　　　　　こんにちは。

　　　　工さん：請 Qǐng 問 wèn 您 nín 貴 guì 姓 xìng？

　　　　　　　May I ask your Surname?

　　　　　　　すみません　お名前は何ですか。

王 Wáng 小 xiǎo 姐 jiě：我 Wǒ 姓 xìng 王 Wáng。

　　　　Ms. Wang：My surname is Wang.

　　　　　王さん：王です。

　　　　　　　您 Nín 好 hǎo，先 xiān 生 sheng。

　　　　　　　Hello, Mister.

　　　　　　　こんにちは。

　　　　　　　請 Qǐng 問 wèn 您 nín 貴 guì 姓 xìng？

　　　　　　　May I ask your Surname, Mister?

　　　　　　　すみません　お名前は何ですか。

林 Lín 先 xiān 生 sheng：我 Wǒ 姓 xìng 林 Lín。

　　　　Mr. Lin：My surname is Lin.

　　　　　林さん：林です。

　　　　　　　很 Hěn 高 gāo 興 xìng 認 rèn 識 shì 您 nín。

　　　　　　　I am glad to meet you.

　　　　　　　知り合って嬉しいです。

王 Wáng 小 xiǎo 姐 jiě：林 Lín 先 xiān 生 sheng。

　　　　Ms. Wang：Mr. Lin.

　　　　　王さん：林さん。

　　　　　　　我 Wǒ 也 yě 很 hěn 高 gāo 興 xìng 認 rèn 識 shì 您 nín。

　　　　　　　I am glad to meet you, too!

　　　　　　　こちらこそ、知り合って嬉しいです。

Exercise 練習

Match 釣り合いしましょう

1	glad 嬉しい	•
2	How are you? お元気ですか。	•
3	to know 知り合う	•
4	My surname is Wang. 王です。	•
5	May I ask...? すみません、	•

• 你 nǐ 好 hǎo 嗎 mā

• 我 wǒ 姓 xìng 王 Wáng

• 請 qǐng 問 wèn

• 高 gāo 興 xìng

• 認 rèn 識 shì

Please ⭕ circle the correct answer 正しい答えを選びましょう

您 nín = A polite form of YOU

請問 qǐng wèn = kiss

認識 rèn shì = too know

很高興 hěn gāo xìng = very glad

貴姓 guì xìng = Thanks

16

NOTES

Good work on Lesson 2.

第二課はよくできましたね。

Vocabulary 単語

1.	是 shì	is /are/was/were 〜です	7.	人 rén	person 人
2.	什 shé 麼 me	what 何	8.	林 Lín 大 dà 山 shān	(Chinese name) (中国人の名前)
3.	我 wǒ 的 de	my 私の	9.	王 Wáng 美 měi 心 xīn	(Chinese name) (中国人の名前)
4.	名 míng 字 zi	name 名前	10.	美 Měi 國 guó 人 rén	American アメリカ人
5.	我 wǒ 叫 jiào	I am called 私は〜です	11.	日 Rì 本 běn 人 rén	Japanese 日本人
6.	哪 nǎ 裡 lǐ	where どこ			

Power Station 充電場

We only use female 妳 **nǐ** (Female YOU) and 她 **tā** (female SHE) in formal writing. Otherwise, we only use 你 nǐ (YOU) / 他 tā　when speaking.

妳 nǐ（女の方の"あなた"）と她 tā（彼女、女の方の"彼"）は文書の上に使うだけで、会話する時には、全部你 nǐ / 他 tā で十分です。

Let's talk　会話しましょう

林 Lín 先 xiān 生 sheng：　你 Nǐ 好 hǎo，我 wǒ 是 shì 林 Lín 大 dà 山 shān。

　　Mr. Lin：　Hello, I am Lin Dashan.

　　林さん：　こんにちは、私は林大山です。

　　　　　　　請 Qǐng 問 wèn 你 nǐ 叫 jiào 什 shé 麼 me 名 míng 字 zi？

　　　　　　　May I ask what your name is?

　　　　　　　すみません、お名前は何ですか？

王 Wáng 小 xiǎo 姐 jiě：　我 Wǒ 的 de 名 míng 字 zi 是 shì 王 Wáng 美 měi 心 xīn。

　　Ms. Wang：　My name is Wang Meixin.

　　王さん：　私の名前は王美心です。

林 Lín 先 xiān 生 sheng：　請 Qǐng 問 wèn 您 nín 是 shì 美 měi 國 guó 人 rén 嗎 mā？

　　Mr. Lin.：　Are you American?

　　林さん：　あなた（王さん）はアメリカ人ですか。

王 Wáng 小 xiǎo 姐 jiě：　是 Shì，我 Wǒ 是 shì 美 Měi 國 guó 人 rén。

　　Ms. Wang：　Yes, I am American.

　　王さん：　はい、私はアメリカ人です。

　　　　　　　請 Qǐng 問 wèn 林 Lín 先 xiān 生 sheng 是 shì 哪 nǎ 裡 lǐ
　　　　　　　人 rén？

　　　　　　　May I ask where Mr. Lin is from?

　　　　　　　林さんはどこからの人ですか？

林 Lín 先 xiān 生 sheng：　我 Wǒ 是 shi 日 Rì 本 běn 人 ren。

　　Mr. Lin：　I am Japanese.

　　林さん：　私は日本人です。

19

Exercise　練習

__c__	1	name 名前	a 什 shé 麼 me
_____	2	where どこ	b 人 rén
_____	3	what 何	c 名 míng 字 zi
_____	4	person 人	d 哪 nǎ 裡 lǐ

Match　釣り合いしましょう

Ⓐ 法 Fǎ 國 guó 人 rén　　Ⓑ 澳 Ào 洲 zhōu 人 rén　　Ⓒ 日 Rì 本 běn 人 rén

Ⓓ 美 Měi 國 guó 人 rén　　Ⓔ 印 Yìn 度 dù 人 rén　　Ⓕ 加 Jiā 拿 ná 大 dà 人 rén

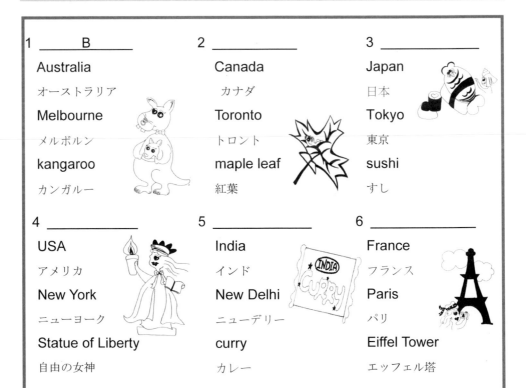

1 _____B_____
Australia
オーストラリア
Melbourne
メルボルン
kangaroo
カンガルー

2 _____
Canada
カナダ
Toronto
トロント
maple leaf
紅葉

3 _____
Japan
日本
Tokyo
東京
sushi
すし

4 _____
USA
アメリカ
New York
ニューヨーク
Statue of Liberty
自由の女神

5 _____
India
インド
New Delhi
ニューデリー
curry
カレー

6 _____
France
フランス
Paris
パリ
Eiffel Tower
エッフェル塔

NOTES

Fantastic! Let's go to Lesson 4.
素晴らしい！第四課に進もう！

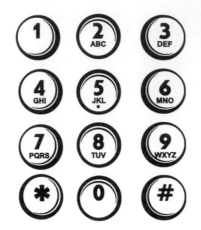

Vocabulary　単語

零 líng	zero 零	九 jiǔ	nine 九
一 yī	one 一	十 shí	ten 十
二 èr	two 二	一 百 yìbǎi	100 百
三 sān	three 三	一 千 yìqiān	1,000 千
四 sì	four 四	一 萬 yíwàn	10,000 一万
五 wǔ	five 五	電 diàn 話 huà	telephone 電話
六 liù	six 六	號 hào 碼 mǎ	number 番号
七 qī	seven 七	幾 jǐ 號 hào	What number 何番
八 bā	eight 八	手 shǒu 機 jī	cell phone 携帯電話

Let's talk　会話しましょう

（一）

林 Lín 先 xiān 生 sheng：你 Nǐ 好 hǎo！王 Wáng 小 xiǎo 姐 jiě。

　　　　Mr. Lin： Hello, Ms. Wang.

　　　　林さん： こんにちは、王さん。

王 Wáng 小 xiǎo 姐 jiě：你 Nǐ 好 hǎo，林 Lín 先 xiān 生 sheng！

　　　　Ms. Wang： Hello, Mr. Lin.

　　　　王さん： こんにちは、林さん。

林 Lín 先 xiān 生 sheng：請 Qǐng 問 wèn 妳 nǐ 的 de 電 diàn 話 huà 號 hào 碼 mǎ 是 shì
幾 jǐ 號 hào？

　　　　Mr. Lin： May I ask what your phone number is?

　　　　林さん： すみません、あなたの電話番号は何番ですか。

王 Wáng 小 xiǎo 姐 jiě：我 Wǒ 的 de 電 diàn 話 huà 號 hào 碼 mǎ 是 shì 2567-1148。

　　　　Ms. Wang： My phone number is 2567-1148.

　　　　王さん： 私の電話番号は 2567-1148 です。

（二）

王 Wáng 小 xiǎo 姐 jiě：林 Lín 先 xiān 生 sheng，你 nǐ 好 hǎo！

　　　　Ms. Wang： Hello, Mr. Lin.

　　　　王さん： こんにちは、林さん。

　　　　請 Qǐng 問 wèn 你 nǐ 的 de 手 shǒu 機 jī 號 hào 碼 mǎ 是 shì
幾 jǐ 號 hào？

　　　　May I ask what your cell phone number is?

　　　　すみません、あなたの携帯（電話）の番号は何番ですか。

林 Lín 先 xiān 生 sheng：我 Wǒ 的 de 手 shǒu 機 jī 號 hào 碼 mǎ 是 shì 0948-465-307。

　　　　Mr. Lin： My cell phone number is 0978-465-307.

　　　　林さん： 私の携帯（電話）の番号は 0978-465-307 です。

Number Chart 数字表

0 líng	10 shí	20 èr shí	30 sān shí	40 sì shí	50 wǔ shí	60 liù shí	70 qī shí	80 bā shí	90 jiǔ shí	100 yì bǎi	1,000 yì qiān	10,000 yì wàn
1 yī	11	21	31	41	51	61	71	81	91	101	1001	10001
2 èr	12	22	32	42	52	62	72	82	92	102	1002	10002
3 sān	13	23	33	43	53	63	73	83	93	103	1003	10003
4 sì	14	24	34	44	54	64	74	84	94	104	1004	10004
5 wǔ	15	25	35	45	55	65	75	85	95	105	1005	10005
6 liù	16	26	36	46	56	66	76	86	96	106	1006	10006
7 qī	17	27	37	47	57	67	77	87	97	107	1007	10007
8 bā	18	28	38	48	58	68	78	88	98	108	1008	10008
9 jiǔ	19	29	39	49	59	69	79	89	99	109	1009	10009

Exercise 練習

Choose the correct answer 正しい答えを選びましょう

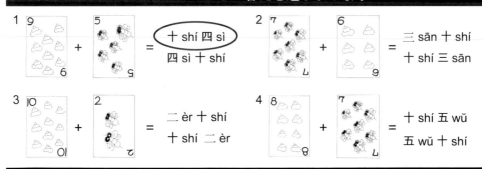

1. 十 shí 四 sì / 四 sì 十 shí
2. 三 sān 十 shí / 十 shí 三 sān
3. 二 èr 十 shí / 十 shí 二 èr
4. 十 shí 五 wǔ / 五 wǔ 十 shí

Draw the correct number 正しい数字を描きましょう

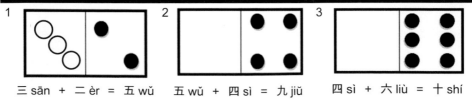

1. 三 sān + 二 èr = 五 wǔ
2. 五 wǔ + 四 sì = 九 jiǔ
3. 四 sì + 六 liù = 十 shí

NOTES

Good job! You can count numbers.
よくやった！数字も数えるんだぞ。

2000元

1000元

100元

500元

200元

50元　　20元　　10元　　5元　　1元

Vocabulary　単語

1. 錢 qián	money お金	6. 萬 wàn	ten thousand ～万
2. 元 yuán/塊 kuài/塊 kuài 錢 qián	dollar 元	7. 筆 bǐ	pen ペン
3. 二 èr	two 二	8. 書 shū	book 本
4. 百 bǎi	hundred 百	9. 電 diàn 腦 nǎo	computer パソコン
5. 千 qiān	thousand 千	10. 不 bù 好 hǎo 意 yì 思 si	Excuse me すみません

Power Station　充電場

二 èr　*two*
Example: $22　　二 èr 十 shí 二 èr 元 yuán

$620　　六 liù 百 bǎi 二 èr 十 shí 元 yuán

兩 liǎng　*couple of (use before a measure word)* 量詞の前に使われること
Example: $2　　兩 liǎng 塊 kuài 錢 qián

$200　　兩 liǎng 百 bǎi 元 yuán

二 èr　and　兩 liǎng
Both means are "two"；when "two" comes before a <u>measure word</u>, 兩 liǎng is used instead of 二 èr.
二つとも "二" の意味ですが、<u>量詞の前に</u>二 èr ではなく、兩 liǎng は使われることを覚えましょう。

Let's talk　会話しましょう

（一）

白 Bái 先 xiān 生 sheng：不 Bù 好 hǎo 意 yì 思 si, 請 Qǐng 問 wèn 筆 bǐ 多 duō 少 shǎo 錢 qián？

Mr. Bai：Excuse me. May I ask how much is the pen?

白さん：すみません、ペンはいくらですか。

李 Lǐ 小 xiǎo 姐 jiě：二 Èr 十 shí 塊 kuài 錢 qián 。

Ms. Li：20 dollars.

李さん：２０元です。

白 Bái 先 xiān 生 sheng：書 Shū 多 duō 少 shǎo 錢 qián？

Mr. Bai：How much is the book?

白さん：本はいくらですか。

李 Lǐ 小 xiǎo 姐 jiě：兩 Liǎng 百 bǎi 元 yuán 。

Ms. Li：200 dollars

李さん：２００元です。

（二）

白 Bái 先 xiān 生 sheng：不 Bù 好 hǎo 意 yì 思 si, 電 Diàn 腦 nǎo 多 duō 少 shǎo 錢 qián？

Mr. Bai：Excuse me. How much is this computer?

白さん：すみません、パソコンはいくらですか。

李 Lǐ 小 xiǎo 姐 jiě：一 Yí 萬 wàn 元 yuán 。

Ms. Li：10000 dollars.

李さん：一万元です。

白 Bái 先 xiān 生 sheng：請 Qǐng 問 wèn 手 shǒu 機 jī 多 duō 少 shǎo 錢 qián？

Mr. Bai：May I ask how much the cell phone is?

白さん：携帯電話はいくらですか。

李 Lǐ 小 xiǎo 姐 jiě：手 Shǒu 機 jī 七 qī 千 qiān 四 sì 百 bǎi 元 yuán 。

Ms. Li：The cell phone is 7,400 dollars.

李さん：携帯電話は７４００元です。

Exercise　練習

(三 sān 十 shí 元 yuán)

三 sān 百 bǎi 塊 kuài

三 sān 千 qiān 元 yuán

---

(1)

五 wǔ 十 shí 三 sān 塊 kuài

三 sān 十 shí 五 wǔ 元 yuán

三 sān 百 bǎi 五 wǔ 十 shí 塊 kuài 錢 qián

---

(2)

兩 liǎng 百 bǎi 四 sì 十 shí 元 yuán

四 sì 百 bǎi 二 èr 十 sh 塊 kuài

四 sì 千 qiān 兩 liǎng 百 bǎi 塊 kuài

---

(3)

八 bā 百 bǎi 三 sān 十 shí 元 yuán

八 bā 百 bǎi 三 sān 十 sh 六 liù 塊 kuài

八 bā 百 bǎi 六 liù 十 sh 三 sān 塊 kuài

---

(4)

三 sān 百 bǎ 六 liùi 十 shí 元 yuán

三 sān 千 qiān 六 liù 百 bǎi 塊 kuài

六 liùi 千 qiān 三 sān 百 bǎi 塊 kuài

---

(5)

五 wǔ 千 qiān 九 jiǔ 百 bǎ 塊 kuài 錢 qián

九 jiǔ 千 qiān 五 wǔ 百 bǎ 塊 kuài 錢 qián

五 wǔ 千 qiān 零 líng 九 jiǔ 十 shí 元 yuán

① $ 35,000 ・ ・ 三 sān 萬 wàn 五 wǔ 千 qiān 元 yuán

② $ 1,420 ・ ・ 兩 liǎng 萬 wàn 四 sì 千 qiān 七 qī 百 bǎi 元 yuán

③ $ 24,700 ・ ・ 一 yì 千 qiān 四 sì 百 bǎi 二 èr 十 shí 元 yuán

NOTES

Awesome! You can go shopping now.

お疲れ様！今のあなたなら、買い物しても問題ないでしょう！

6

量 liàng 詞 cí

Measure Words 量詞

Mandarin Chinese measure words are similar to English, which also has measure words like a "glass" of water, a "piece" of paper, a "bottle" of milk. A measure word always combines with a number. The main difference between English and Mandarin Chinese is that Mandarin requires a measure word for **every noun**. In English you can say "two people", but in Mandarin we need to say "two (measure word) people."There are over a hundred Mandarin measure words, and the best way to learn its measure word is whenever you learn a new noun.

文法的には、中国語の量詞が日本語の量詞とほぼ同じです。どちらでも"数字＋量詞（＋名詞)"の組み合わせです。例えば、2冊の本。量詞も日本語のようにいっぱいあるから、新しい名詞を習う度、同時に対応の量詞も覚えるのは一番速くていい方法でしょう。

Vocabulary　単語

1. 一 yí 個 **ge** 人 rén 　　　　　A unit of person
　　　　　　　　　　　　　　　　　　一人（人の量詞）

　個 ge : The most commonly used measure word and is one "generic" measure word which can be used when the actual measure word is unknown, such as a man, etc.
　　　　一番普通に使われている量詞であり、物事をどの量詞を使うのは分からない場合、この量詞を使かいます。

2. 兩 liǎng 位 **wèi** 老 lǎo 師 shī 　　two teachers (位 **wèi** is used for professions / esteemed position)
　　　　　　　　　　　　　　　　　　二人の先生（位 **wèi** は個 ge より、言ってる対象に尊敬する意味があります。）

3. 三 sān 　張 **zhāng** 紙 zhǐ	three pieces of paper	三枚の紙
4. 四 sì 　枝 **zhī** 筆 bǐ	four sticks of pen	四本のペン
5. 五 wǔ 　本 **běn** 書 shū	five bins (bounds) of book	五冊の本
6. 六 liù 　碗 **wǎn** 飯 fàn	six bowls of rice	六杯のご飯
7. 七 qī 　雙 **shuāng** 筷 kuài 子 zi	seven pairs of chopsticks	七膳のお箸
8. 八 bā 　杯 **bēi** 水 shuǐ	eight glasses / cups of water	八杯のお水
9. 九 jiǔ 　罐 **guàn** 可 kě 樂 lè	nine cans of Coca-Cola	九本のコーラ
10. 十 shí 　瓶 **píng** 果 guǒ 汁 zhī	ten bottles of juice	十本のジュース

Let's talk 会話しましょう

（一）

白 Bái 先 xiān 生 sheng：請 Qǐng 問 wèn 一 yi 雙 shuāng 筷 kuài 子 zi 多 duō 少 shǎo 錢 qián？

Mr. Bai：May I ask how much a pair of chopsticks is?

白さん：すみません、お箸一膳はいくらですか。

李 Lǐ 小 xiǎo 姐 jiě：一 Yì 雙 shuāng 筷 kuài 子 zi 九 jiǔ 十 shí 九 jiǔ 元 yuán。

Ms. Li：A pair of chopsticks is 99 dollars.

李さん：お箸一膳は９９元です。

（二）

白 Bái 先 xiān 生 sheng：請 Qǐng 問 wèn 兩 liǎng 罐 guàn 可 kě 樂 lè 多 duō 少 shǎo 錢 qián？

Mr. Bai：May I ask how much two cans of coca-cola are?

白さん：すみません、コーラ二本はいくらですか。

李 Lǐ 小 xiǎo 姐 jiě：兩 Liǎng 罐 guàn 可 kě 樂 lè 四 sì 十 shí 七 qī 元 yuán。

Ms. Li：Two cans of Coca-Cola cost 47 dollars.

李さん：コーラ二本は４７元です。

（三）

白 Bái 先 xiān 生 sheng：請 Qǐng 問 wèn 一 yì 瓶 píng 果 guǒ 汁 zhī 多 duō 少 shǎo 錢 qián？

Mr. Bai：May I ask how much a bottle of juice is?

白さん：すみません、ジュース一本はいくらですか。

李 Lǐ 小 xiǎo 姐 jiě：一 Yì 瓶 píng 果 guǒ 汁 zhī 十 shí 七 qī 元 yuán。

Ms. Li：A bottle of juice is 17 dollars

李さん：ジュース一本は１７元です。

Exercise 練習

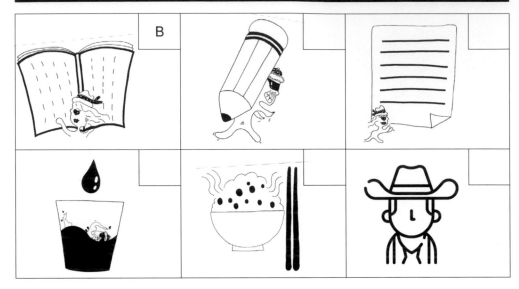

Ⓐ 一 yí 個 ge 人 rén　　Ⓑ 一 yì 本 běn 書 shū　　Ⓒ 一 yì 杯 bēi 水 shuǐ

Ⓓ 一 yì 枝 zhī 筆 bǐ　　Ⓔ 一 yì 張 zhāng 紙 zhǐ　Ⓕ 一 yì 碗 wǎn 飯 fàn

Match　釣り合いしましょう

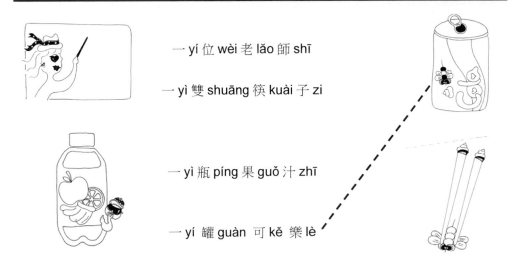

一 yí 位 wèi 老 lǎo 師 shī

一 yì 雙 shuāng 筷 kuài 子 zi

一 yì 瓶 píng 果 guǒ 汁 zhī

一 yí 罐 guàn 可 kě 樂 lè

NOTES

Excellent! Let's go to Lesson 7.
素晴らしい！第七課に進もう！

買 Mǎi 東 dōng 西 xī
Shopping 買い物

Vocabulary　単語

1	水 shuǐ	water	お水		8	冰 bīng	ice	凍り、アイス
2	果 guǒ 汁 zhī	juice	ジュース		9	冷 lěng	cold	冷たい
3	麵 miàn 包 bāo	bread	パン		10	熱 rè	hot	熱い、ホット
4	牛 niú 奶 nǎi	milk	ミルク		11	大 dà	big / large	大きい
5	咖 kā 啡 fēi	coffee	コーヒー		12	中 zhōng	middle	エム サイズ
6	茶 chá	tea	お茶		13	小 xiǎo	small	小さい
7	多 duō 少 shǎo 錢 qián	How much money? いくらですか。			14	不 bú 客 kè 氣 qì	You are welcome どういたしまして。	

Let's talk　会話しましょう

小 xiǎo 姐 jiě：請 Qǐng 問 wèn 小 xiǎo 杯 bēi 熱 rè 咖 kā 啡 fēi 多 duō 少 shǎo 錢 qián？

　　Mrs.：May I ask how much a small hot coffee is?

　　女の人：すみません、小さいホットコーヒーはいくらですか。

店 diàn 員 yuán：小 Xiǎo 杯 bēi 熱 rè 咖 kā 啡 fēi 三 sān 十 shí 五 wǔ 元 yuán。

　　Clerk：A small hot coffee is 35 dollars.

　　店員さん：小さいホットコーヒーは３５元です。

小 xiǎo 姐 jiě：請 Qǐng 問 wèn 一 yí 個 ge 麵 miàn 包 bāo 多 duō 少 shǎo 錢 qián？

　　Mrs.：May I ask how much this bread is?

　　女の人：すみません、パン一つはいくらですか。

店 diàn 員 yuán：一 Yí 個 ge 麵 miàn 包 bāo 二 èr 十 shí 五 wǔ 元 yuán。

　　Clerk：This bread is 25 dollars.

　　店員さん：パン一つは２５元です。

小 xiǎo 姐 jiě：謝 Xiè 謝 xie 你 nǐ！

　　Mrs.：Thank you!

　　女の人：ありがとうございました。

店 diàn 員 yuán：不 Bú 客 kè 氣 qì！

　　Clerk：You are welcome!

　　店員さん：どういたしまして。

Exercise　練習

Circle the correct answer　正しい答えを○付けましょう

Ⓐ 麵 miàn 包 bāo

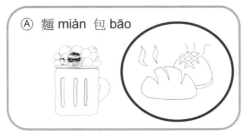

Ⓑ 熱 rè 咖 kā 啡 fēi

Ⓒ 果 guǒ 汁 zhī

Ⓓ 茶 chá

Match 釣り合いしましょう

Ⓐ 水 shuǐ •

$38

• 十 shí 九 jiǔ 元 yuán

Ⓑ 咖 kā 啡 fēi •

$19

• 一 yì 百 bǎi 二 èr 十 shí 元 yuán

Ⓒ 牛 niú 奶 nǎi •

$120

• 三 sān 十 shí 八 bā 元 yuán

NOTES

Fantastic! Let's go to Lesson 8.
すごいですね！第八課に進みましょう。

Vocabulary　単語

1. 現 xiàn 在 zài　　　now
   今

2. 幾 jǐ 點 diǎn （鐘 zhōng）　what time
   何時ですか。

3. 點 diǎn　　　　o'clock
   時

4. 分 fēn　　　　Minute
   分

5. 秒 miǎo　　　second
   秒

6. 半 bàn　　　　half
   半

7. 上 shàng 班 bān　work
   出勤

8. 下 xià 班 bān　　off work
   退勤、仕事が終わる

9. 早 zǎo 上 shàng　morning
   朝

10. 上 shàng 午 wǔ　before noon
    午前中

11. 中 zhōng 午 wǔ　noon
    お昼

12. 下 xià 午 wǔ　afternoon
    午後

13. 晚 wǎn 上 shàng　evening
    晚

14. 半 bàn 夜 yè　midnight
    夜中

Power Station　充電場

幾 jǐ 點 diǎn = 幾 jǐ 點 diǎn （鐘 zhōng） Can be used either way as " what time?
幾 jǐ 點 diǎn　= 幾 jǐ 點 diǎn （鐘 zhōng） どちらでも "何時ですか。" の意味です。

Let's talk　会話しましょう

林 Lín 先 xiān 生 sheng：現 Xiàn 在 zài 幾 jǐ 點 diǎn（鐘 zhōng）？
　　　　Mr. Lin.：　What time is it now?
　　　　林さん：　今は何時ですか。

王 Wáng 小 xiǎo 姐 jiě：現 Xiàn 在 zài 是 shì 七 qī 點 diǎn 零 líng 五 wǔ 分 fēn。
　　　　Ms. Wang：　It is 7:05.
　　　　王さん：　今は七時五分です。

林 Lín 先 xiān 生 sheng：你 Nǐ 幾 jǐ 點 diǎn（鐘 zhōng）上 shàng 班 bān？
　　　　Mr. Lin.：　What time do you start working?
　　　　林さん：　あなたは何時に出勤しますか。

王 Wáng 小 xiǎo 姐 jiě：我 Wǒ 早 zǎo 上 shàng 八 bā 點 diǎn（鐘 zhōng）上 shàng 班 bān。
　　　　Ms. Wang：　I work at 8 o'clock in the morning.
　　　　王さん：　私は朝 8 時に出勤です。

林 Lín 先 xiān 生 sheng：你 Nǐ 幾 jǐ 點 diǎn（鐘 zhōng）下 xià 班 bān？
　　　　Mr. Lin.：　What time do you get off work?
　　　　林さん：　あなたの仕事は何時に終わりますか。

王 Wáng 小 xiǎo 姐 jiě：我 Wǒ 下 xià 午 wǔ 五 wǔ 點 diǎn 半 bàn 下 xià 班 bān。
　　　　Ms. Wang：　I get off work at half past five in the afternoon.
　　　　王さん：　私は午後五時半に仕事が終わります。

Exercise　練習

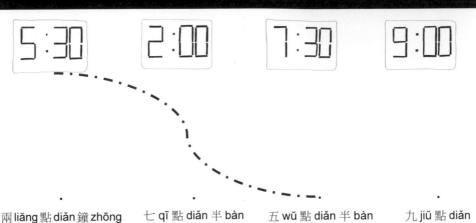

兩 liǎng 點 diǎn 鐘 zhōng　　七 qī 點 diǎn 半 bàn　　五 wǔ 點 diǎn 半 bàn　　九 jiǔ 點 diǎn

Draw the correct time　正しい時間を描きましょう

三 sān 點 diǎn 十 shí 分 fēn

十 shí 點 diǎn 二 èr 十 shí 分 fēn

四 sì 點 diǎn 三 sān 十 shí 五 wǔ 分 fēn

NOTES

Well done! Let's study Lesson 9.
お見事だ！第九課を学ぼう！

9

年 nián 月 yuè 日 rì

Dates 日付

Vocabulary　単語

1.	老 lǎo 師 shī	teacher	先生		10.	星 xīng 期 qí 日 rì	Sunday	日曜日
2.	學 xué 生 shēng	student	学生		11.	星 xīng 期 qí 一 yī	Monday	月曜日
3.	年 nián	year	年		12.	星 xīng 期 qí 二 èr	Tuesday	火曜日
4.	月 yuè	month	月		13.	星 xīng 期 qí 三 sān	Wednesday	水曜日
5.	號 hào	date	日		14.	星 xīng 期 qí 四 sì	Thursday	木曜日
6.	星 xīng 期 qí	week	週		15.	星 xīng 期 qí 五 wǔ	Friday	金曜日
7.	昨 zuó 天 tiān	yesterday	昨日		16.	星 xīng 期 qí 六 liù	Saturday	土曜日
8.	今 jīn 天 tiān	today	今日		17.	週 zhōu 末 mò	weekend	週末
9.	明 míng 天 tiān	tomorrow	明日		18.	生 shēng 日 rì	birthday	誕生日

Power Station　充電場

幾 jǐ　**How many / What / Which** : Question word for numbers / measure word / time
数字/数量/時間　を聞く時に使う

星 xīng 期 qí 幾 jǐ : What day of the week?　今日は何曜日ですか。

Let's talk　会話しましょう

老 lǎo 師 shī：今 Jīn 天 tiān 是 shì 星 xīng 期 qí 幾 jǐ？
　Teacher：What day is today?
　　先生：今日は何曜日ですか。

學 xué 生 shēng：今 Jīn 天 tiān 是 shì 星 xīng 期 qí 三 sān。
　Student：Today is Wednesday.
　　学生：今日は水曜日です。

老 lǎo 師 shī：昨 Zuó 天 tiān 是 shì 幾 jǐ 號 hào？
　Teacher：What date was yesterday?
　　先生：昨日は何日でしたか。

學 xué 生 shēng：昨 Zuó 天 tiān 是 shì 十 shí 九 jiǔ 號 hào。
　Student：Yesterday was the 19th.
　　学生：昨日は１９日でした。

老 lǎo 師 shī：明 Míng 天 tiān 是 shì 幾 jǐ 月 yuè 幾 jǐ 號 hào？
　Teacher：What date is tomorrow?
　　先生：明日は何月何日ですか。

學 xué 生 shēng：明 Míng 天 tiān 是 shì 七 qī 月 yuè 二 èr 十 shí 一 yī 號 hào。
　Student：Tomorrow is July 21st.
　　学生：明日は七月２１日です。

老 lǎo 師 shī：你 Nǐ 的 de 生 shēng 日 rì 是 shi 幾 jǐ 月 yuè 幾 jǐ 號 hào？
　Teacher：When is your birthday?
　　先生：あなたの誕生日は何月何日（いつ）ですか。

學 xué 生 shēng：我 Wǒ 的 de 生 shēng 日 rì 是 shì 五 wǔ 月 yuè 十 shí 八 bā 號 hào。
　Student：My birthday is May 18st.
　　学生：私の誕生日は五月１８日です。

Exercise 練習

五 wǔ 月 yuè
二 èr 十 shí 六 liù 日 rì

四 sì 月 yuè
十 shí 七 qī 日 rì

七 qī 月 yuè
十 shí 八 bā 日 rì

九 jiǔ 月 yuè
五 wǔ 日 rì

一 yī 月 yuè
十 shí 日 rì

十 shí 二 èr 月 yuè
三 sān 十 shí 日 rì

Choose the correct answer 正しい答えを選びましょう

___c___ 1 tomorrow

明日

a 昨 zuó 天 tiān

_____ 2 today

今日

b 今 jīn 天 tiān

_____ 3 yesterday

昨日

c 明 míng 天 tiān

NOTES

So, when is your birthday?
あなたの誕生日はいつですか。

去 qù 哪 nǎ 裡 lǐ

Where are you going?　どこへ行きますか。

Vocabulary　単語

1. 去 qù	go	行く
2. 哪 nǎ 裡 lǐ	where	どこ
3. 逛 guàng 街 jiē	shopping	買い物
4. 要 yào	want / will	〜たい
5. 不 bú 要 yào	don't want	〜たくない
6. 不 bù	no	いいえ
7. 好 hǎo	ok / good	良い
8. 不 bù 好 hǎo	not ok / not good	よくない
9. 學 xué	learn	習う

10. 中 zhōng 文 wén	Chinese	中国語
11. 看 kàn	see / look	見る
12. 電 diàn 影 yǐng	movie	映画
13. 一 yì 起 qǐ	together	一緒に
14. 吃 chī	eat	食べる
15. 早 zǎo 餐 cān	breakfast	朝ご飯
16. 午 wǔ 餐 cān	lunch	昼ご飯
17. 晚 wǎn 餐 cān	dinner	晩ご飯
18. 宵 xiāo 夜 yè	supper	夜食

Power Station　充電場

吃 chī　eat　食べる

We always use "eat" breakfast, lunch and dinner instead of "have" breakfast, lunch and dinner.
日本語と同じ、朝ご飯、昼ご飯、晩ご飯を"食べる"から、こういう時に動詞は"吃 chī" が使われます。

Let's talk 会話しましょう

林 Lín 先 xiān 生 sheng： 你 Nǐ 昨 zuó 天 tiān 下 xià 午 wǔ 去 qù 哪 nǎ 裡 lǐ？

    Mr. Lín： Where did you go yesterday afternoon?

    林さん： 昨日の午後はどこへ行きましたか。

王 Wáng 小 xiǎo 姐 jiě： 我 Wǒ 昨 zuó 天 tiān 下 xià 午 wǔ 去 qù 逛 guàng 街 jiē。

    Ms. Wang： I went shopping yesterday afternoon.

    王さん： 昨日の午後は買い物しに行きました。

林 Lín 先 xiān 生 sheng： 你 Nǐ 今 jīn 天 tiān 晚 wǎn 上 shàng 要 yào 去 qù 哪 nǎ 裡 lǐ？

    Mr. Lín： Where will you go this evening (tonight)?

    林さん： 今晩はどこへ行きますか。

王 Wáng 小 xiǎo 姐 jiě： 我 Wǒ 今 jīn 天 tiān 晚 wǎn 上 shàng 要 yào 去 qù 學 xué
中 Zhōng 文 wén。

    Ms. Wang： I will go learn Mandarin this evening.

    王さん： 今晩中国語を習いに行きます。

王 Wáng 小 xiǎo 姐 jiě： 你 Nǐ 今 jīn 天 tiān 要 yào 去 qù 哪 nǎ 裡 lǐ 吃 chī 晚 wǎn 餐 cān？

    Ms. Wang： Where will you go for dinner?

    王さん： 今日はどこへ晩ご飯を食べに行きますか。

林 Lín 先 xiān 生 sheng： 我 Wǒ 今 jīn 天 tiān 不 bù 吃 chī 晚 wǎn 餐 cān，
我 Wǒ 要 yào 去 qù 看 kàn 電 diàn 影 yǐng。

    Mr. Lín： I won't eat dinner today I will go to see a movie.

    林さん： 今日は晩ご飯を食べません。映画を見に行きます。

Exercise 練習

Ⓐ 看 kàn 電 diàn 影 yǐng   Ⓑ 學 xué 中 zhōng 文 wén

Ⓒ 逛 guàng 街 jiē   Ⓓ 上 shàng 班 bān

Match 釣り合いしましょう

1 早 zǎo 餐 cān   •   • dinner
                           晩ご飯

2 午 wǔ 餐 cān   •   • lunch
                           昼ご飯

3 晩 wǎn 餐 cān   •   • supper
                           夜食

4 宵 xiāo 夜 yè   •   • breakfast
                           朝ご飯

NOTES

Congratulations! You've learnt it all. Yeah!
お疲れ様！いっぱい勉強しましたね！

Exercise　練習

Match　釣り合いしましょう

1　早 zǎo　安 ān　- - - - - - - - - Good afternoon.
　　　　　　　　　　　　　　　　　こんにちは

2　午 wǔ　安 ān　- - - - - - - - - Good morning.
　　　　　　　　　　　　　　　　　おはようございます

3　晚 wǎn　安 ān　- - - - - - - - - Good evening.
　　　　　　　　　　　　　　　　　こんばんは

Choose the correct answer　正しい答えを選びましょう

① Good morning, Ms. Wang.
おはようございます。王さん。

② Good morning, Mr. Lin.
おはようございます。林さん。

③ How are you?
お元気ですか。

④ I am fine.　Thank you.
私は元気です。ありがとう。

⑤ Good-bye.
さようなら。

⑤ Good-bye
さようなら。

（ ⑤ ）再 Zài 見 jiàn !

（ ④ ）我 Wǒ 很 hěn 好 hǎo，謝 xiè 謝 xie 你 nǐ !

（ ① ）早 Zǎo 安 ān，王 Wáng 小 xiǎo 姐 jiě !

（ ③ ）你 Nǐ 好 hǎo 嗎 mā ?

（ ② ）早 Zǎo 安 ān，林 Lín 先 xiān 生 sheng !

Exercise 練習

Match 釣り合いしましょう

1 glad
   嬉しい

2 How are you?
   お元気ですか。

3 to know
   知り合う

4 My surname is Wang.
   王です。

5 May I ask...?
   すみません、

你 nǐ 好 hǎo 嗎 mā

我 wǒ 姓 xìng 王 Wáng

請 qǐng 問 wèn

高 gāo 興 xìng

認 rèn 識 shì

Please 〇 circle the correct answer 正しい答えを選びましょう

您 nín = A polite form of YOU

請問 qǐng wèn = kiss

認識 rèn shì = too know

很高興 hěn gāo xìng = very glad

貴姓 guì xìng = Thanks

Exercise　練習

Choose the correct answer　正しい答えを選びましょう

__c__	1	name 名前	a	什 shé 麼 me
__d__	2	where どこ	b	人 rén
__a__	3	what 何	c	名 míng 字 zi
__b__	4	person 人	d	哪 nǎ 裡 lǐ

Match　釣り合いしましょう

Ⓐ 法 Fǎ 國 guó 人 rén　　Ⓑ 澳 Ào 洲 zhōu 人 rén　　Ⓒ 日 Rì 本 běn 人 rén

Ⓓ 美 Měi 國 guó 人 rén　　Ⓔ 印 Yìn 度 dù 人 rén　　Ⓕ 加 Jiā 拿 ná 大 dà 人 rén

1 ___B___
Australia
オーストラリア
Melbourne
メルボルン
kangaroo
カンガルー

2 ___F___
Canada
カナダ
Toronto
トロント
maple leaf
紅葉

3 ___C___
Japan
日本
Tokyo
東京
sushi
すし

4 ___D___
USA
アメリカ
New York
ニューヨーク
Statue of Liberty
自由の女神

5 ___E___
India
インド
New Delhi
ニューデリー
curry
カレー

6 ___A___
France
フランス
Paris
パリ
Eiffel Tower
エッフェル塔

Answer 4

Exercise　練習

Choose the correct answer　正しい答えを選びましょう

Draw the correct number　正しい数字を描きましょう

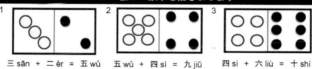

三 sān + 二 èr = 五 wǔ　　五 wǔ + 四 sì = 九 jiǔ　　四 sì + 六 liù = 十 shí

53

Exercise　練習

Circle the correct answer　正しい答えを○付けましょう

~~三 sān 十 shí 元 yuán~~ (circled)
三 sān 百 bǎi 塊 kuài
三 sān 千 qiān 元 yuán

(1)

五 wǔ 十 shí 三 sān 塊 kuài
~~三 sān 十 shí 五 wǔ 元 yuán~~ (circled)
三 sān 百 bǎi 五 wǔ 十 shí 塊 kuài 錢 qián

(2)

兩 liǎng 百 bǎi 四 sì 十 shí 元 yuán
~~四 sì 百 bǎi 二 èr 十 sh 塊 kuài~~ (circled)
四 sì 千 qiān 兩 liǎng 百 bǎi 塊 kuài

(3)

八 bā 百 bǎi 三 sān 十 shí 元 yuán
~~八 bā 百 bǎi 三 sān 十 sh 六 liù 塊 kuài~~ (circled)
八 bā 百 bǎi 六 liù 十 sh 三 sān 塊 kuài

(4)

三 sān 百 bǎ 六 liùi 十 shí 元 yuán
~~三 sān 千 qiān 六 liù 百 bǎi 塊 kuài~~ (circled)
六 liùi 千 qiān 三 sān 百 bǎi 塊 kuài

(5)

~~五 wǔ 千 qiān 九 jiǔ 百 bǎ 塊 kuài 錢 qián~~ (circled)
九 jiǔ 千 qiān 五 wǔ 百 bǎ 塊 kuài 錢 qián
五 wǔ 千 qiān 零 líng 九 jiǔ 十 shí 元 yuán

Match　釣り合いしましょう

① $ 35,000 ----------- 三 sān 萬 wàn 五 wǔ 千 qiān 元 yuán

② $ 1,420 兩 liǎng 萬 wàn 四 sì 千 qiān 七 qī 百 bǎi 元 yuán

③ $ 24,700 一 yì 千 qiān 四 sì 百 bǎi 二 èr 十 shí 元 yuán

Answer 6

Exercise　練習

Choose the correct answer　正しい答えを選びましょう

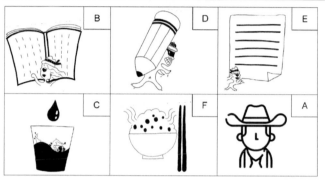

Ⓐ 一 yí 個 ge 人 rén　Ⓑ 一 yì 本 běn 書 shū　Ⓒ 一 yì 杯 bēi 水 shuǐ

Ⓓ 一 yì 枝 zhī 筆 bǐ　Ⓔ 一 yì 張 zhāng 紙 zhǐ　Ⓕ 一 yì 碗 wǎn 飯 fàn

Match　釣り合いしましょう

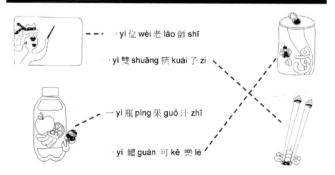

· yí 位 wèi 老 lǎo 師 shī

· yì 雙 shuāng 筷 kuài 子 zi

一 yì 瓶 píng 果 guǒ 汁 zhī

· yì 罐 guàn 可 kě 樂 lè

Exercise　練習

Circle the correct answer　正しい答えを〇付けましょう

Ⓐ 麵 miàn 包 bāo

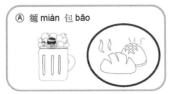

Ⓑ 熱 rè 咖 kā 啡 fēi

Ⓒ 果 guǒ 汁 zhī

Ⓓ 茶 chá

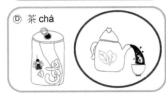

Match 釣り合いしましょう

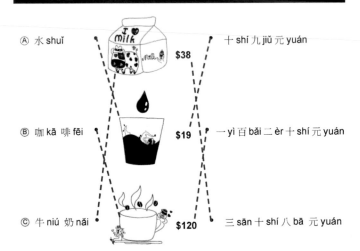

Ⓐ 水 shuǐ

$38

十 shí 九 jiǔ 元 yuán

Ⓑ 咖 kā 啡 fēi

$19

一 yì 百 bǎi 二 èr 十 shí 元 yuán

Ⓒ 牛 niú 奶 nǎi

$120

三 sān 十 shí 八 bā 元 yuán

Answer 8

Exercise 練習

Match 釣り合いしましょう

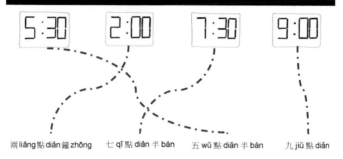

兩 liǎng 點 diǎn 鐘 zhōng   七 qī 點 diǎn 半 bàn   五 wǔ 點 diǎn 半 bàn   九 jiǔ 點 diǎn

Draw the correct time 正しい時間を描きましょう

    三 sān 點 diǎn 十 shí 分 fēn

   十 shí 點 diǎn 二 èr 十 shí 分 fēn

   四 sì 點 diǎn 三 sān 十 shí 五 wǔ 分 fēn

Exercise 練習

Match 釣り合いしましょう

五 wǔ 月 yuè
二 èr 十 shí 六 liù 日 rì

四 sì 月 yuè
十 shí 七 qī 日 rì

七 qī 月 yuè
十 shí 八 bā 日 rì

九 jiǔ 月 yuè
五 wǔ 日 rì

一 yī 月 yuè
十 shí 日 rì

十 shí 二 èr 月
yuè 三 sān 十 shí

Choose the correct answer 正しい答えを選びましょう

<u> c </u>	1	tomorrow
		明日
<u> b </u>	2	today
		今日
<u> a </u>	3	yesterday
		昨日

a 昨 zuó 天 tiān

b 今 jīn 天 tiān

c 明 míng 天 tiān

Exercise 練習

Choose the correct answer 正しい答えを選びましょう

Ⓐ 看 kàn 電 diàn 影 yǐng

Ⓑ 學 xué 中 zhōng 文 wén

Ⓒ 逛 guàng 街 jiē

Ⓓ 上 shàng 班 bān

Match 釣り合いしましょう

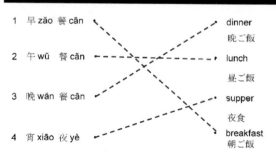

1 早 zǎo 餐 cān — dinner 晩ご飯

2 午 wǔ 餐 cān — lunch 昼ご飯

3 晚 wǎn 餐 cān — supper 夜食

4 宵 xiāo 夜 yè — breakfast 朝ご飯

About the Author 關於作者
Emily H. Chang 愛美麗老師

愛美麗老師生於台灣台北市，熱愛華語文教學，迄今累積十多年豐富的語文教學經驗。精通中、英雙語。目前擔任國立台灣師範大學國語中心華語文教學教師，負責教導初級至高級班海外研習團及短期密集班教學；教學對象涵蓋美國國防部語言中心華語研習，美國官員華語研習，美國格蘭谷州立大學，美國舊金山法語學校，日本金澤大學，日本立命館大學，日本宇都宮大學，日本山形大學，新加坡美國學校，師大暑期夏令營，等。 同時受聘於 Hyatt Hotel（凱悅飯店集團）及華碩電腦台灣總公司擔任專業華語文教師，負責教導各部門外籍高階主管，教授商務華語與基礎華語等課程；此外，亦為國家華語測驗推動工作委員會（SCTOP）之華語文能力測驗命題師以及教育部之國科會計畫以及僑委會數位華語教學師資培訓之課程講師。

Emily H. Chang was born in Taipei, Taiwan and has over 10 years experience reaching both Mandarin Chinese and English. Her professional Mandarin Chinese teaching experience includes National Taiwan Normal University Mandarin Training Center, ASUS Tek Taiwan, Hyatt Hotel Hua Hin Thailand, Defense Language Institute USA, MIRC USA, Grand Valley University of Michigan USA, French American School of San Francisco USA, Kanazawa University Japan, Ritsumeikan University Japan, Utsunomiya University Japan, Yamagata University Japan, Singapore American School, NTNU MTC Summer camp as well as Mandarin Teachers Trainer of Overseas Chinese Affairs Council Taiwan, Digital E-learning of Ministry of Education Taiwan and the Steering Committee for the Test of Proficiency-Huayu(SC-TOP)Taiwan.

エミリー（Emily H. Chang）先生は台湾台北市に生まれ、中国語の指導に大変熱心である。10年間にわたる豊富な指導経験があり、英語にも中国語にも精通している。現在は、国立台湾師範大学国語教学華語文センターで、外国人学習者集団に向けて初級から上級レベルまで広く指導を行っている。これまでにアメリカ合衆国グランドバレー州立大学、国防部言語センター中国語学習、政府当局者への中国語学習、サンフランシスコのフランス学校、日本金沢大学、立命館大学、宇都宮大学、山形大学、シンガポールアメリカ学校、国立台湾師範大学のサマークラスなどの指導を担当している。 また台湾のコンピュータ会社であるASUSの専任講師を任され、初級、基礎、中級の各レベルの外国籍エンジニア、弁護士、経営者、デザイナー、マネジャーに向けての指導も兼任して行っている。さらに、世界的ホテルチェーンのハイアットホテルのタイ支店において、外国籍幹部マネジャーの中国語講師として、ビジネス中国語と基礎中国語などを教授している。指導だけでなく、国家中国語能力試験推進委員会（SCTOP）の中国語能力試験の出題者でもあり、行政院国家科学委員会の計画である教育部、僑務委員会デジタル教員養成の講師も務めている。

世界各地的推薦序 Foreword

Ordered by English alphabetically

America 美國

I am honored to introduce Ms. Emily H, Chang, who was my Mandarin Chinese instructor at the National Taiwan Normal University (NTNU) in Taipei, Taiwan during the summer of 2013. Ms. Chang is an outstanding teacher. Her class dynamic is managed with great skill. She challenges her students with oral and written exercise, and focuses on her student's individual needs. Our three-hour daily sessions seemed to fly by, as she always kept us engaged. She has a great ability to keep students focused, without being rigid and injecting humor into her lessons.   Of course, in three weeks, I wasn't expecting to become miraculously fully fluent in the language. However, I did find that Ms. Chang helped me to correct up many of the bad habits I had picked up in Mandarin through years of informal vernacular learning. As a result, I feel that my foundation in Mandarin is far stronger, and that has allowed me to advance further in my Mandarin studies at a much faster pace than was previously possible. I can't recommend her book highly enough.

-Dr. Walter Cheng

Stanford University School of Medicine

M.D.Johns Hopkins University School of Medicine

M.H.S.Johns Hopkins University School of Hygiene and Public Health

My purpose is to introduce Ms. Emily H. Chang and her book to the world. I was lucky enough to be her student for three intensive weeks at the National Taiwan Normal University in 2014. Her passion for teaching really shines through in person and this book is just an extension of that. She is diligent about making sure Mandarin Chinese students are actually learning and understanding the material. There's no rote memorization with her. In class she keeps things fresh and interesting with a variety activities and that attitude is also reflected in this book. Her teaching method is not typical, it keeps the learner engaged and interested. When learning a new language, it is key to build a strong and solid foundation. Of course in the beginning it can be difficult and boring which is why beginner learners will benefit from the games and exercises in her new book. I enjoyed the group classes with her immensely because she challenged each of the students to learn the language correctly the first time, from grammar to pronunciation to vocabulary. Emily H. Chang is an educator in the truest sense and I hope her book will help many future Mandarin Chinese learners begin that foundation.

-Lois Baek

American Chinese Linguist

Als ich 2008 von Österreich nach Taiwan flog, konnte ich kein Wort Chinesisch außer „nihao". An dem Tag, an dem mich meine erste Unterrichtseinheit des Sprachkurses mit der Professorin Emily H. Chang erwartete, war ich am Weg zur Universität leicht aufgeregt, doch als ich den Klassenraum betrat und sie mich freundlich begrüßte, war jede Form von Zweifel verflogen. Durch ihre offene, herzliche und einfühlsame Art gelang es Emily H. Chang, mir die Angst vorm Erlernen der Fremdsprache Chinesisch zu nehmen. Ihre Liebe und ihr besonderer Zugang zum Unterrichten wirkte sich sehr motivierend auf den Lernprozess aus.

Durch praktisches Anwenden der chinesischen Sprache auch außerhalb der Universitätsräume, gelang es mir unbewusst, persönliche Zweifel zu überwinden und die Sprache in meinen Alltag zu integrieren. Emily H. Chang trug einen wesentlichen Teil zu meiner Liebe zur chinesischen Sprache bei, wofür ich ihr bis heute sehr dankbar bin.

Ich bin der Meinung, dass sie durch ihren kreativen und humorvollen Charakter die Fähigkeit hat, den Lernstoff nachhaltig zu übermitteln. Sie gibt nämlich nicht nur Kenntnisse der Landessprache, sondern auch der Kultur anschaulich weiter. Die von Emily H. Chang sehr gezielt gewählten und nützlichen Lernunterlagen helfen dabei, sich rasch gute Basiskenntnisse der Sprache anzueignen.

Ihren Umgang mit Studierenden finde ich sehr beeindruckend und kann behaupten, dass Emily H. Chang damit zu den besten Lehrpersonen zählt, die mich in meinem Leben unterrichtet haben. Ich wünsche allen, die mit diesem Lehrbuch arbeiten, dass sie dieselbe Erfahrung machen.
-Christina Mayer, Vienna Austria
Sinology Student, University of Vienna

A professora Emily H Chang sempre foi uma pessoa muito criativa. Eu tive a oportunidade de assistir a uma aula de mandarim dela em Taiwan, sempre divertida e muita espontânea na sala de aula.

Os estrangeiros sempre falam que a língua chinesa - mandarim é muito bonita, mas boa parte dos professores levam a metodologia tradicional para a sala de aula. A mesma coisa acontece no livro didático de mandarim, que sempre tem o mesmo formato e estilo.

Quando recebi o livro de LOVEmily, pude ver que é um livro muito vivo e inovador. O livro é muito fácil de entender e aprender. Há muitos exercícios legais em cada lição, essa é a maneira mais eficiente para você aprender ou ensinar mandarim como a segunda língua..

O livro é único, a professora Emily H Chang usa a sua experiência de ensino para escrever o livro afim de ajudar a todos os alunos e professores para terem uma abordagem verdadeira.

Agradeço à professora Emily H Chang por fazer a aprendizagem de mandarim tão divertida e com muita alegria em aprender.
-Li Zhenwen, Brasil Diretor,
Huawen Centro de Cultura e Língua Chinesa

Canada 加拿大

Emily Laoshi was my teacher for three weeks of intensive Chinese classes one summer at NTNU. With 2 years of Chinese study already behind me, Emily Laoshi brought something wonderfully fresh to the classroom and to the study of this difficult language. She has an incredibly vibrant personality and an approachable nature that makes it very easy for students to connect with her. Emily Laoshi incorporated fun and engaging activities such as tongue twisters and Chinese chess into the classroom to enrich her students' learning experience. Class time with Emily Laoshi was an effective mix of group discussion and reading and writing exercises. Looking back over my now several years of studying Chinese, Emily Laoshi stands out to me as a truly excellent teacher! I look forward to reading her book!

Emily Laoshi était ma prof de Chinois pendant trois semaines de cours intensifs à Shida un été. J'avais déjà étudié deux ans de Chinois auparavant, mais Emily Laoshi avait un style d'enseignement nouveau et rafraîchissant qui a augmenté mon intérêt dans l'étude de cette langue. Elle a une personnalité pleine de vie et elle est une personne très accessible. Nos cours consistait en une excellente mélange de discussions et d'exercices écrits et de compréhension. Elle a aussi incorporé des activités amusantes comme des jeux de mots pour enrichir nos connaissances. Emily Laoshi est un véritablement excellent professeur et j'ai bien hâte de lire son livre!
-Kirsten Joe (美玲), Canada

France 法國

" Je m'appelle Jade Mathian, J'ai 18 ans, je suis en Première année de médecine en France. Il y a 3 ans, quand j'étais en Seconde j'ai participé, pendant les vacances d'été, à un camp pour apprendre le Mandarin à l'Université Nationale de Taiwan à Taipei. J'ai eu comme professeure Emily H.Chang. C'est une professeure vraiment sympa, pleine de joie et de vie. Je trouve qu'elle nous a vraiment aidé dans l'apprentissage de la langue. Chaque jour, en cours, elle nous proposait des jeux interactifs qui nous permettaient d'apprendre le chinois tout en s'amusant. Nous avons fait beaucoup de projets artistiques, de jeux de rôles etc.. De plus, elle nous faisait faire des exercices tous les jours pour apprendre du vocabulaire ou même essayer d'écrire des mots et des phrases ce qui nous a aidé dans la compréhension, l'écriture et la pratique de la langue. Cela m'a permis de vraiment progresser en chinois tout en prenant du plaisir et profiter de mes vacances.
Ce fut une expérience très enrichissante et j'en garde de bons souvenirs. "
-Jade Mathian, France

प्रिय साथी चीनी शिक्षार्थियों,

आधुनिक दुनिया के सबसे महत्वपूर्ण भाषाओमें से एक है चीनी। यह भाषा ८०० करोड़ से अधिक लोगों में बोली जाती है। ताइपे में एक वर्ष बिताने के बावजुद मैं ये भाषा सीख नहीं पाया। मैंने कुछ चीनी शिक्षकाके साथ सीखने कि काशिश कि। परन्तु मैं असफ़ल रहा। मैं भाग्यशाली था कि शिक्षक के रूप में मुझे मिली एमिली (Emily) लाओ-शी!

सिर्फ तीन महीने में मेरा सुधर देख कर ताइवान मित्रों और सहकर्मिय दंग रह गए थे। हाथ के इशारों से भरी काशिशे अब पूरी बातचीत में बदल गयी! अन्य स्थानों में भी लोग मेरे चीनी कौशल पर हैरान थे! जोमैंने एमिली 老師 के साथ सीखा है, वह अब इस पुस्तक के रूप में आप के लिए प्रस्तुत है। आशा करता हु कि आप इस पुस्तक काएक प्रभवि स्विस्स चाकू की तरह इस्तेमल करेड्गे! मेरी हिन्दी के लिये क्षमा चाहता हु।

आपका शुभचिन्तक,

निलय

Dear fellow Chinese learners,

Over 800 million people on earth can speak Mandarin Chinese, which is one of the most important languages of the modern world. After having spent about a year in Taipei, lost in translation, I could neither speak nor understand Mandarin. I have had some Mandarin classes earlier, but they were dull and failed to spark an interest for the language. However, I was fortunate that I had Emily as my teacher with whom I embarked on a wonderful and fun filled learning journey. By the end of our classes, I not only was able to have basic conversations effectively but also could do it with the correct pronunciations and tones! My Taiwanese friends and colleagues were taken aback by how much I improved in just three months. What was once a conversation filled with confusion and a lot of hand gestures had now turned into full spoken conversations. Even the people in places such as restaurants and shops were surprised at my Chinese skills. What I have learnt with Teacher Emily is now accessible to you in the form of this book. I am sure that this book will be a Swiss knife, handy and effective, for those who really want to learn Mandarin Chinese.

-Nilay C. Badavne

R&D Engineer, ASUS Computers, Taipei, Taiwan

Current MBA Student at ESADE Business School, Barcelona, Spain

I express my gratitude to my Mandarin teacher Ms. Emily H Chang. In a couple of months of learning Chinese I have gradually improved my language skills. Also my confidence in trying out conversations with colleagues has improved quite a lot. This thought has been echoed by the colleagues and friends who speak mandarin as their first language. Ms. Emily H Chang's interactive method to teaching employed in class added to the students understanding and enthusiasm. Ms. Emily H Chang's enthusiasm in teaching has rubbed on to the students and everyone in the class seems to have developed interest in learning more than I had seen in my previous mandarin learning classes. The study material is very complete and also is a good tool for revision at home. The amount of improvement in language skills and the tremendous interest generated in the pupils for learning mandarin speaks volumes about the extraordinary teaching skills of Ms. Emily H Chang. I sincerely hope to continue learning mandarin from Ms. Emily H Chang in the future and I am positive any one of you will be as happy to learning by her Mandarin learning book as I do. Have fun studying! ☺

-Bhoomek Pandya

Firmware/software Engineer, Core technology center (Da vinci lab), Asustek computer Inc. Taipei, Taiwan

PHD Aspirant, MicroSystems Research Lab, Graduate Institute of Electrical Engg. (GIEE),

National Taiwan University (NTU)

私は台湾師範大学の中国語コースで、Emily 愛美麗先生にこれまで3回教えてもらっている。熱意を持って教えてくれるだけでなく、内容も外国人がわかりにくい部分に特に気を配って説明してくれる。実力の向上が実感できる大変よい先生である。その Emily 愛美麗先生が中国語の教科書を書かれた。これを用いて自学自習すれば、授業を受けるのと同じように、中国語の重点を中心に効果的に勉強できるだろう。各一冊があまりに厚くならないように作られていることも特徴で、学習者は気軽に挑戦できるだろう。外国語を勉強する時は現地で出版された教科書を中心に勉強することを信条とする私としては、中国語を勉強する皆様にお薦めしたいシリーズである。

−峰村健司

日本眼科学会眼科専門医

順天堂大学大学院医学研究科（博士課程）病院管理学講座

中国語学習初心者にぴったりの一冊。

作者の Emily 愛美麗氏は長年、台湾の有名大学である国立台湾師範大学の国語センターで、中国語の指導を行ってきた。国立台湾師範大学の国語センターは、台湾で一番歴史が長い中国語の教育機関であり、多くの中国語学習者が集まっている。Emily 愛美麗氏は、時には世界各国へ赴き、現地の企業中国語学習者に対して講義を行ったり、直接指導を行ったりと活躍するベテラン指導者である。Emily 愛美麗氏は、中国語学習において、特に発音に重点を置いた指導を得意とする。本書は中国語と英語で表記されており、正確で綺麗な中国語の発音を身につけることができるだろう。また日本人にも分かりやすい英語で書かれているため、より中国語に親しみやすく、意味を理解しやすい構成となっている。

−小野純子

日本名古屋市立大学大学院　博士課程

私は国立台湾師範大学国語センターで Emily 愛美麗先生のアシスタントを始めてすでに 5 年が経ちました。この 5 年間、毎回、Emily 愛美麗先生の授業を受講した学生から、「先生の教え方がうまく、短期間でも中国語がかなり進歩した。」や「授業が楽しく時間が過ぎるのが速い。」「難しい中国語でも Emily 愛美麗先生が教えてくれると簡単に頭に入っていく。」「また絶対に Emily 愛美麗先生の授業を受けたい！」などと聞きます。そして今回ついに Emily 愛美麗先生の中国語の教授法が詰まったテキストができました！

中国語の勉強を始める皆さん、楽しみにしていてください！

−鍾富如 Lulu

国立台湾師範大学人類発展与家庭学部家政与家庭生活教育組

国立台湾師範大学国語センター中国語課程アシスタント

Paraguay 巴拉圭

Conocí a Emily al cursar una clase de Mandarín en la empresa para la que estaba trabajando. A pesar de que disfruto mucho aprender idiomas, me sentía un poco insegura volviendo a ser una estudiante, ya que habían pasado más de 6 años que no tomaba clases. Grata fue mi sorpresa con la hermosa experiencia que me esperaba. Desde la primera clase, Emily hizo todo para crear una atmósfera amigable para todos los alumnos; inclusive adaptándose a las necesidades especiales de cada uno (lo cual no era fácil considerando los diferentes niveles).

Su método de enseñanza era único, efectivo e innovador; ésto hizo que el proceso de aprendizaje fuera muy natural, divertido y el tiempo pasara sin darnos cuenta. En cuanto a lo personal, también establecimos una buena relación y nos volvimos buenas amigas; solemos hablar de todo un poco, incluyendo mi pasión por la música y nuestro interés en la enseñanza de idiomas.

Yo sé la gran pasión y esfuerzo que ella pone en la enseñanza; y ésto también lo logró plasmar en este libro. De corazón comparto con ella la alegría del lanzamiento de este libro y estoy muy orgullosa de ella.

Con seguridad este método ayudará a mantener motivados a los estudiantes y ellos mismos podrán evaluar su progreso. Es definitivamente un libro recomendado para educadores; creo que estimulará a los alumnos a seguir aprendiendo y a los maestros para hacer la diferencia en el proceso de aprendizaje.
-Olivia Berendsohn, Paraguaya
Cantante/Músico

Philippines 菲律賓

I owe my Mandarin skills to Ms. Emily H Chang. She's always been patient to us and her focus was always to correct not just the way we speak the Chinese words but also how we syllabicate and pronounce the tones. Her methods are also easy and fun, it wouldn't be hard for any beginner to adjust to her classes because she knows how to fine tune her materials and exercises with the abilities of her students. I'm happy to know that she is finally publishing her own book and I am sure students who would refer to her book would have the same experience we had while we were learning Chinese with her—fun and truly worthwhile!
-Christel Amparado
ASUS Technical Writer
graduated from University of the Philippines (Manila)

Ms. Emily H Chang organized a five-day Mandarin training for our guest service associates back in 2013 and it was very successful in terms of our satisfaction and participant's learning results. Our associates in Hyatt Regency Hua Hin not only enjoyed Ms. Emily's company but also found the classes very beneficial to their working environment despite the short period. Passion to teach and unique methods were Ms. Emily's strength. One of the methods was using colorful cards to help participants memorize and recall the words and sentences easily. I am confident that LOVEmily Mandarin Chinese Learning Book will be a valuable source of Mandarin learning for all readers.
-Sammy Carolus
General Manager
Hyatt Regency Hotel,
Hua Hin, Thailand

The way that Laoshi Emily taught us not just in the natural way, but she also understand nature of all her students. We had a great time and still remember every word in the lesson. Thank you to this wonderful teacher!
การเรียนรู้อย่างเป็นธรรมชาติกับอาจารย์เอมีลี่ ก่อเกิดประสิทธิภาพมากที่สุดโดยเฉพาะกับวัยทำงานและวัยผู้ใหญ่
พวกเรายังคงจำบทเรียนที่อาจารย์สอนได้จนถึงวันนี้และใช้มันอย่างมีประโยชน์ที่สุด
หัวหน้างายฝ่ายให้ข้อมูลลูกค้า
-Worasuda Manyasthien
Team leader of concierge
Hyatt Regency Hua Hin, Thailand

When I first heard of Ms. Emily H Chang publishing a Mandarin learning book I was frilled, and thought it would be my pleasure and appropriate to comment on Emily's teaching styles having been her student in the past. My name is Gavin Flowers and I am a product designer from the UK. I first met Emily whilst working in Taiwan for Asus, having arrived there with very little knowledge of Mandarin, Emily was to be my saviour. Emily's teaching style is very creative and always enjoyable. She uses playful, attention keeping games and visuals cues to help her students learn and remember what she teaches. Emily is attentive as a teacher and personalizes her style to suit individual students to help them learn. Having been Emily's student for a while, I was able to learn a lot, in a very fun and interactive way, that kept me focused whilst taking on the daunting task of learning Mandarin. With her help and dedication I am now able to communicate with others, to some degree, which made my life a lot smoother during my time in Taiwan. I would highly recommend to anyone wishing to learn Mandarin, to see Emily's work because not only will you learn, you will have fun too. I would like to thank Emily personally for helping me on my journey of learning Mandarin; I still have a long way to go, but thank you once again for kick starting my progression.
-G. Flowers
Industrial Designer
Tangerine, London, UK

國家圖書館出版品預行編目

愛美麗華語. I = LovEmily mandarin Chinese
(easy conversation) / 愛美麗著. -- 二版. --
臺北市：張詩璇, 2023.05
　　面；　公分
中英日對照
ISBN 978-626-01-1208-0(平裝)

1. CST: 漢語　2. CST: 讀本

802.88　　　　　　　　　　112005473

愛美麗華語 (I)
LOVEmily Mandarin Chinese (Easy Conversation)

作　　　者　愛美麗
創意設計　愛美麗
部分插畫　陳維真
日文翻譯　郭柔孜
英文翻譯　Emily H Chang、Jenny Ang Lu
出版策劃　張詩璇
E m a i l　lovemily.tw@gmail.com
LinkedIn　Emily H Chang
　　　　　　https://www.linkcdin.com/in/emily-h-chang-taipei/
製作銷售　秀威資訊科技股份有限公司
　　　　　　114 台北市內湖區瑞光路76巷69號2樓
　　　　　　電話：+886-2-2796-3638
　　　　　　傳真：+886-2-2796-1377
網路訂購　秀威書店：https://store.showwe.tw
　　　　　　博客來網路書店：https://www.books.com.tw (English Order)
　　　　　　三民網路書店：https://www.m.sanmin.com.tw
　　　　　　讀冊生活：https://www.taaze.tw

定　　　價　520元
初版日期　2015年10月
二版日期　2023年5月
I S B N　978-626-01-1208-0